Валентина Осеева

Рассказы для детей

Художник И. Панков

МОСКВА
РОСМЭН
2017

Кто хозяин?

Большую чёрную собаку звали Жук. Два мальчика, Коля и Ваня, подобрали Жука на улице. У него была перебита нога. Коля и Ваня вместе ухаживали за ним, и, когда Жук выздоровел, каждому из мальчиков захотелось стать его единственным хозяином. Но кто хозяин Жука, они не могли решить, поэтому спор их всегда кончался ссорой.

Однажды они шли лесом. Жук бежал впереди. Мальчики горячо спорили.

— Собака моя, — говорил Коля, — я первый увидел Жука и подобрал его!

— Нет, моя, — сердился Ваня, — я перевязывал ей лапу и таскал для неё вкусные кусочки!

Никто не хотел уступить. Мальчики сильно поссорились.

— Моя! Моя! — кричали оба.

Вдруг из двора лесника выскочили две огромные овчарки. Они бросились на Жука и повалили его на землю. Ваня поспешно вскарабкался на дерево и крикнул товарищу:

— Спасайся!

Но Коля схватил палку и бросился на помощь Жуку. На шум прибежал лесник и отогнал своих овчарок.

— Чья собака? — сердито закричал он.

— Моя, — сказал Коля.

Ваня молчал.

Хорошее

Проснулся Юрик утром. Посмотрел в окно. Солнце светит. Денёк хороший.

И захотелось мальчику самому что-нибудь хорошее сделать.

Вот сидит он и думает: «Что, если б моя сестрёнка тонула, а я бы её спас!»

А сестрёнка тут как тут:

— Погуляй со мной, Юра!

— Уходи, не мешай думать!

Обиделась сестрёнка, отошла.

А Юра думает: «Вот если б на няню волки напали, а я бы их застрелил!»

А няня тут как тут:

— Убери посуду, Юрочка.

— Убирай сама — некогда мне!

Покачала головой няня.

А Юра опять думает: «Вот если б Трезорка в колодец упал, а я бы его вытащил!»

А Трезорка тут как тут. Хвостом виляет: «Дай мне попить, Юра!»

— Пошёл вон! Не мешай думать!

Закрыл Трезорка пасть, полез в кусты.

А Юра к маме пошёл:

— Что бы мне такое хорошее сделать?

Погладила мама Юру по голове:

— Погуляй с сестрёнкой, помоги няне посуду убрать, дай водички Трезору.

Синие листья

У Кати было два зелёных карандаша. У Лены ни одного.

Вот и просит Лена Катю:

— Дай мне зелёный карандаш!

А Катя и говорит:

— Спрошу у мамы.

Приходят на другой день обе девочки в школу. Спрашивает Лена:

— Позволила мама?

А Катя вздохнула и говорит:

— Мама-то позволила, а брата я не спросила.

— Ну что ж, спроси ещё брата, — говорит Лена.

Приходит Катя на другой день.

— Ну что, позволил брат? — спрашивает Лена.

— Брат-то позволил, да я боюсь, сломаешь ты карандаш.

— Я осторожненько, — говорит Лена.

— Смотри, — говорит Катя, — не чини, не нажимай крепко и в рот не бери. Да не рисуй много.

— Мне, — говорит Лена, — только листочки на деревьях нарисовать надо да травку зелёную.

— Это много, — говорит Катя, а сама брови хмурит. И лицо недовольное сделала.

Посмотрела на неё Лена и отошла. Не взяла карандаш. Удивилась Катя, побежала за ней:

— Ну что ж ты? Бери!

— Не надо, — отвечает Лена.

На уроке учитель спрашивает:

— Отчего у тебя, Леночка, листья на деревьях синие?

— Карандаша зелёного нет.

— А почему же ты у своей подружки не взяла?

Молчит Лена. А Катя покраснела и говорит:

— Я ей давала, а она не берёт.

Посмотрел учитель на обеих:

— Надо так давать, чтобы можно было взять.

До первого дождя

Таня и Маша были очень дружны и всегда ходили в детский сад вместе. То Маша заходила за Таней, то Таня за Машей. Один раз, когда девочки шли по улице, начался сильный дождь. Маша была в плаще, а Таня в одном платье. Девочки побежали.

— Сними свой плащ, мы накроемся вместе! — крикнула на бегу Таня.

— Я не могу, я промокну! — нагнув вниз голову с капюшоном, ответила ей Маша.

В детском саду воспитательница сказала:

— Как странно, у Маши платье сухое, а у тебя, Таня, совершенно мокрое, как же это случилось? Ведь вы же шли вместе?

— У Маши был плащ, а я шла в одном платье, — сказала Таня.

— Так вы могли бы укрыться одним плащом, — сказала воспитательница и, взглянув на Машу, покачала головой.

— Видно, ваша дружба до первого дождя!

Обе девочки покраснели: Маша за себя, а Таня за Машу.

Танины достижения

Каждый вечер папа брал тетрадку, карандаш и подсаживался к Тане и бабушке.

— Ну, какие ваши достижения? — спрашивал он.

Папа объяснил Тане, что достижениями называется всё то хорошее и полезное, что сделал за день человек. Танины достижения папа аккуратно записывал в тетрадку.

Однажды он спросил, как обычно держа наготове карандаш:

— Ну, какие ваши достижения?

— Таня мыла посуду и разбила чашку, — сказала бабушка.

— Гм… — сказал отец.

— Папа! — взмолилась Таня. — Чашка была плохая, она сама упала! Не стоит писать о ней в наши достижения! Напиши просто: Таня мыла посуду!

— Хорошо! — засмеялся папа. — Накажем эту чашку, чтобы в следующий раз, при мытье посуды, другая была осторожней!

Добрая хозяюшка

Жила-была девочка. И был у неё петушок. Встанет утром петушок, запоёт:

— Ку-ка-ре-ку! Доброе утро, хозяюшка!

Подбежит к девочке, поклюёт у неё из рук крошки, сядет с ней рядом на завалинке. Пёрышки разноцветные словно маслом смазаны, гребешок на солнышке золотом отливает. Хороший был петушок!

Увидала как-то раз девочка у соседки курочку. Понравилась ей курочка. Просит она соседку:

— Отдай мне курочку, а я тебе своего петушка отдам!

Услыхал петушок, свесил на сторону гребень, опустил голову, да делать нечего — сама хозяйка отдаёт.

Согласилась соседка — дала курочку, взяла петушка.

Стала девочка с курочкой дружить. Пушистая курочка, тёпленькая, что ни день — свежее яичко несёт.

— Куд-кудах, моя хозяюшка! Кушай на здоровье яичко!

Съест девочка яичко, возьмёт курочку на колени, пёрышки ей гладит, водичкой поит, пшеном угощает. Только раз приходит в гости соседка с уточкой. Понравилась девочке уточка. Просит она соседку:

— Отдай мне твою уточку — я тебе свою курочку отдам!

Услыхала курочка, опустила пёрышки, опечалилась, да делать нечего — сама хозяйка отдаёт.

Стала девочка с уточкой дружить. Ходят вместе на речку купаться. Девочка плывёт — и уточка рядышком.

— Тась-тась-тась, моя хозяюшка! Не плыви далеко — в речке дно глубоко!

Выйдет девочка на бережок — и уточка за ней.

Приходит раз сосед. За ошейник щенка ведёт. Увидала девочка:

— Ах, какой щеночек хорошенький! Дай мне щенка — возьми мою уточку!

Услыхала уточка, захлопала крыльями, закричала, да делать нечего. Взял её сосед, сунул под мышку и унёс.

Погладила девочка щенка и говорит:

— Был у меня петушок — я за него курочку взяла; была курочка — я её за уточку отдала; теперь уточку на щенка променяла!

Услышал это щенок, поджал хвост, спрятался под лавку, а ночью открыл лапой дверь и убежал.

— Не хочу с такой хозяйкой дружить! Не умеет она дружбой дорожить.

Проснулась девочка — никого у неё нет!

Волшебное слово

Маленький старичок с длинной седой бородой сидел на скамейке и зонтиком чертил что-то на песке.

— Подвиньтесь, — сказал ему Павлик и присел на край.

Старик подвинулся и, взглянув на красное, сердитое лицо мальчика, сказал:

— С тобой что-то случилось?

— Ну и ладно! А вам-то что? — покосился на него Павлик.

— Мне ничего. А вот ты сейчас кричал, плакал, ссорился с кем-то...

— Ещё бы! — сердито буркнул мальчик. — Я скоро совсем убегу из дому.

— Убежишь?

— Убегу! Из-за одной Ленки убегу.— Павлик сжал кулаки. — Я ей сейчас чуть не поддал хорошенько! Ни одной краски не даёт! А у самой сколько!..

— Не даёт? Ну, из-за этого убегать не стоит.

— Не только из-за этого. Бабушка за одну морковку из кухни меня прогнала... прямо тряпкой, тряпкой...

Павлик засопел от обиды.

— Пустяки! — сказал старик. — Один поругает — другой пожалеет.

— Никто меня не жалеет! — крикнул Павлик. — Брат на лодке едет кататься, а меня не берёт. Я ему говорю: «Возьми лучше, всё равно я от тебя не отстану, вёсла утащу, сам в лодку залезу!»

Павлик стукнул кулаком по скамейке. И вдруг замолчал.

— Что же, не берёт тебя брат?

— А почему вы всё спрашиваете?

Старик разгладил длинную бороду:

— Я хочу тебе помочь. Есть такое волшебное слово...

Павлик раскрыл рот.

— Я скажу тебе это слово. Но помни: говорить его надо тихим голосом, глядя прямо в глаза тому, с кем говоришь. Помни — тихим голосом, глядя прямо в глаза...

— А какое слово?

Старик наклонился к самому уху мальчика. Мягкая борода его коснулась Павликовой щеки. Он прошептал что-то и громко добавил:

— Это волшебное слово. Но не забудь, как нужно говорить его.

— Я попробую, — усмехнулся Павлик, — я сейчас же попробую.

Он вскочил и побежал домой.

Лена сидела за столом и рисовала. Краски — зелёные, синие, красные — лежали перед ней. Увидев Павлика, она сейчас же сгребла их в кучу и накрыла рукой.

«Обманул старик! — с досадой подумал мальчик. — Разве такая поймёт волшебное слово!..»

Павлик боком подошёл к сестре и потянул её за рукав. Сестра оглянулась. Тогда, глядя ей в глаза, тихим голосом мальчик сказал:

— Лена, дай мне одну краску... пожалуйста...

Лена широко раскрыла глаза. Пальцы её разжались, и, снимая руку со стола, она смущённо пробормотала:

— Ка-кую тебе?

— Мне синюю, — робко сказал Павлик.

Он взял краску, подержал её в руках, походил с нею по комнате и отдал сестре. Ему не нужна была краска. Он думал теперь только о волшебном слове.

«Пойду к бабушке. Она как раз стряпает. Прогонит или нет?»

Павлик отворил дверь в кухню. Старушка снимала с противня горячие пирожки. Внук подбежал к ней, обеими руками повернул к себе красное морщинистое лицо, заглянул в глаза и прошептал:

— Дай мне кусочек пирожка... пожалуйста.

Бабушка выпрямилась.

Волшебное слово так и засияло в каждой морщинке, в глазах, в улыбке…

— Горяченького... горяченького захотел, голубчик мой! — приговаривала она, выбирая самый лучший, румяный пирожок.

Павлик подпрыгнул от радости и расцеловал её в обе щеки.

«Волшебник! Волшебник!» — повторял он про себя, вспоминая старика.

За обедом Павлик сидел притихший и прислушивался к каждому слову брата. Когда брат сказал, что поедет кататься на лодке, Павлик положил руку на его плечо и тихо попросил:

— Возьми меня, пожалуйста.

За столом сразу все замолчали. Брат поднял брови и усмехнулся.

— Возьми его, — вдруг сказала сестра. — Что тебе стоит!

— Ну отчего же не взять? — улыбнулась бабушка. — Конечно, возьми.

— Пожалуйста, — повторил Павлик.

Брат громко засмеялся, потрепал мальчика по плечу, взъерошил ему волосы:

— Эх ты, путешественник! Ну ладно, собирайся.

«Помогло! Опять помогло!»

Павлик выскочил из-за стола и побежал на улицу. Но в сквере уже не было старика. Скамейка была пуста, и только на песке остались начерченные зонтиком непонятные знаки.

Бабушка и внучка

Мама принесла Тане новую книгу.

Мама сказала:

— Когда Таня была маленькой, ей читала бабушка; теперь Таня уже большая, она сама будет читать бабушке эту книгу.

— Садись, бабушка! — сказала Таня. — Я прочитаю тебе один рассказик.

Таня читала, бабушка слушала, а мама хвалила обеих:

— Вот какие умницы вы у меня!

Лекарство

У маленькой девочки заболела мама. Пришёл доктор и видит — одной рукой мама за голову держится, а другой игрушки прибирает. А девочка сидит на своём стульчике и командует:

— Принеси мне кубики!

Подняла мама с пола кубики, сложила их в коробку, подала дочке.

— А куклу? Где моя кукла? — кричит опять девочка.

Посмотрел на это доктор и сказал:

— Пока дочка не научится сама прибирать свои игрушки, мама не выздоровеет!

СОДЕРЖАНИЕ

Литературно-художественное издание
Для детей до трех лет
Серия «Детская библиотека РОСМЭН»

ОСЕЕВА ВАЛЕНТИНА АЛЕКСАНДРОВНА
РАССКАЗЫ ДЛЯ ДЕТЕЙ

Художник И. Панков
Дизайн обложки Т. Мудрак

Ответственный редактор Н. Л. Конча
Художественный редактор М. В. Панкова
Технический редактор А. Т. Добрынина
Корректор Ю. И. Кожемякина
Верстка В. В. Никитина

Подписано в печать 10.07.17. Формат 84×108 $^{1}/_{32}$. Бумага офсетная.
Печать офсетная. Усл. печ. л. 1,68. ID 33211. Заказ № 3304/17.

ООО «РОСМЭН».
Почтовый адрес: 127018, г. Москва, ул. Октябрьская, д. 4, корп. 2.
Тел.: (495) 933-71-30.
Юридический адрес: 117465, г. Москва, ул. Генерала Тюленева, д. 29, корп. 1.

Наши клиенты и оптовые покупатели могут оформить заказ, получить опережающую информацию о планах выхода изданий и перспективных проектах в Интернете по адресу: **www.rosman.ru**

EAC

ОТДЕЛ ПРОДАЖ:
(495) 933-70-73; 933-71-30;
(495) 933-70-75 (факс).

Дата изготовления: август 2017 г.
Отпечатано в России.

Отпечатано в соответствии с предоставленными материалами
в ООО "ИПК Парето-Принт", 170546, Тверская область
Промышленная зона Боровлево-1, комплекс №3А
www.pareto-print.ru

В соответствии с Федеральным законом № 436-ФЗ
от 29 декабря 2010 г. маркируется знаком 0+

Осеева, Валентина Александровна.
О-726 Рассказы для детей / В. А. Осеева ; худож. И. Панков. — М. : РОСМЭН, 2017. — 32 с. : ил. — (Детская библиотека РОСМЭН).

В сборник вошли замечательные рассказы Валентины Осеевой: «До первого дождя», «Синие листья», «Кто хозяин» и другие. Они наглядно покажут, что такое хорошо, а что такое плохо, научат доброте и состраданию и помогут ребенку посмотреть на себя со стороны.

ISBN 978-5-353-08591-1

УДК 821.161.1-32-93
ББК 84(2Рос=Рус)6